AF451643

Vente des 7, 8 et 9 Mars 1870

HOTEL DROUOT, SALLE N° 1

OBJETS D'ART

ET DE

CURIOSITÉ

ARRIVANT DE L'ÉTRANGER

Me CHARLES OUDART, COMMISSAIRE-PRISEUR

M. ÉMILE BARRE, EXPERT

J. Claye, imprimeur, rue Saint-Benoît, 7, à Paris

CATALOGUE

DES

OBJETS D'ART

ET DE

CURIOSITÉ

Magnifique Triptyque d'Allonzo Cano

CINQ CONTADORS
MAGNIFIQUE COMMODE DE BOULE, LITS
FAUTEUILS, COMMODES, CABINETS, TABLES, COFFRE, BUREAUX
DES ÉPOQUES LOUIS XIII
LOUIS XIV, LOUIS XV ET LOUIS XVI
BELLE PENDULE LOUIS XVI DE FERDINAND BERTHOUD
RÉGULATEURS LOUIS XV ET LOUIS XVI, LUSTRES
APPLIQUES, BUSTES EN BRONZE, RICHES SOIERIES ANCIENNES
BOITES ET BONBONNIÈRES EN OR ET EN ARGENT
MONTRES LOUIS XV ET LOUIS XVI
BIJOUX ANCIENS
EN OR ET EN ARGENT, ORNÉS DE PIERRES FINES
FAIENCES ET PORCELAINES

OBJETS DIVERS

LE TOUT ARRIVANT DE L'ÉTRANGER

DONT LA VENTE AURA LIEU

HOTEL DROUOT, SALLE Nº 1

Les Lundi 7, Mardi 8 & Mercredi 9 Mars 1870

A 2 HEURES 1/2

PAR LE MINISTÈRE DE Mᵉ CHARLES OUDART, COMMISSAIRE-PRISEUR
26, boulevard des Italiens

ASSISTÉ DE M. ÉMILE BARRE, EXPERT, 20, CHAUSSÉE-D'ANTIN
Chez lesquels se trouve le présent Catalogue.

EXPOSITION PUBLIQUE

LE DIMANCHE 6 MARS 1870 DE 1 HEURE A 5 HEURES 1/2

CONDITIONS DE LA VENTE

Elle sera faite au comptant.

Les acquéreurs payeront *cinq pour cent* en sus du prix d'adjudication.

L'Exposition mettant le public à même de se rendre compte de l'état des objets, il ne sera admis aucune réclamation une fois l'adjudication prononcée.

AVIS

Les Bijoux & les Objets en or & en argent seront vendus contrôlés.

DÉSIGNATION

Grand & beau Triptyque en bois, terre cuite, ivoire, écaille & cuivre ; chef-d'œuvre du XVIIᵉ siècle.

Ce triptyque est en bois de palissandre sculpté, avec ornements en cuivre & ivoire. Les volets, de forme ovale, sont recouverts d'écaille niellée de cuivre & d'incrustations en nacre ; sur les volets de droite & de gauche se trouvent trois petites niches profondes ovales encadrées d'ivoire sculpté ; dans chacune de ces niches est placée, protégée par une glace, une petite figurine en terre cuite, peinte & émaillée, représentant l'une des phases de la passion de Jésus-Christ. Dans le panneau du milieu, un merveilleux Christ en croix sous une sorte de grand baldaquin ou dais en ivoire & nacre ; les yeux sont en émail. Au-dessous, dans une niche également, le Christ au tombeau, & au sommet du panneau la *Résurrection*.

Toutes ces figures en terre cuite, d'une finesse d'exécution qui dépasse l'imagination, sont peintes à l'imitation de la nature, chairs & vêtements, ce qui leur donne un effet saisissant ; les gouttelettes de sang sur toutes les figures semblent être des rubis, quelques améthystes ornent les auréoles.

Ce triptyque est supporté par un rocher en bois sculpté dont la partie antérieure s'enlève & met à découvert un magnifique groupe en terre cuite peinte, de soixante figures au moins, représentant la *Nativité*. La crèche, ainsi que la sainte famille, est placée dans un vieux monument en ruine. De deux portiques, à droite & à gauche, arrive en foule le peuple avec des présents de toutes sortes. Au-dessus de la crèche des groupes d'anges & de chérubins chantent la naissance du divin enfant

Cette immense quantité de personnages est d'une exécution qui ne le cède en rien à celle du triptyque ; la variété des poses & des types est surprenante, la finesse des têtes est inouïe, la conservation parfaite.

Ce travail, prodigieux de finesse & de pureté de formes, est signé : *Cannot*, sur une plaque d'ivoire. Cette signature ou plutôt ce nom, que la tradition a transmis, & qui a été gravé par une orthographe mauvaise au nom, a été respecté : car cette œuvre est à n'en pas douter d'*Allonzo Cano*, surnommé le *Michel-Ange* de l'Espagne. L'exécution des figurines de ce triptyque, l'aspect terrible & navrant du Christ dans les phases de son Calvaire, ne permettent pas de douter un moment que ce ne soit l'œuvre de cet artiste statuaire & peintre, l'une des plus grandes gloires de l'Espagne au xvII^e siècle.

Hauteur totale du triptyque avec le rocher qui lui sert de base, 2 m. 25 c.

MEUBLES ANCIENS

1. — *Grand contador* ou cabinet à tiroirs, en bois de cèdre incrusté d'ivoire & d'ébène, garni de cuivres dorés découpés à jour. — Les côtés & les pieds sont formés par des cariatides.

2 à 5. Quatre autres *contadors* semblables.

6. — Bureau de même travail, soutenu par des cariatides.

7. — Grand & beau lit en palissandre massif, *époque Louis XIV*, richement sculpté, à colonnes cannelées, avec sa riche garniture en lampas italien cramoisi.

8. — Lit *Louis XIII* également en palissandre sculpté & à colonnes torses.

9. — Lit *Louis XV* également en palissandre *massif & sculpté*.

10. — Très-belle table *Louis XIII* en palissandre massif à traverse torse & pieds tournés.

11. — Très-joli petit meuble, *cabinet à bijoux*, en riche incrustation d'ivoires de couleur vernis.

12. — Autre petit cabinet *contador* en cèdre incrusté d'ivoire & d'ébène.

13. — Six fauteuils en bois divers, recouverts en *cuir de Cordoue* au petit fer & garnis de clous en bronze doré. (Sera divisé.)

14. — Vingt-quatre chaises recouvertes en *cuir de Cordoue* au petit fer & garnies de clous bronze doré. (Sera divisé.)

15. — Crédence époque *Henri II*, en chène sculpté.

16. — Bureau à cylindre *Louis XVI*, en acajou.

17. — Armoire en bois sculpté *Louis XVI,* rechampie en blanc.

18. — Cabinet *Louis XIII*, écaille & ébène.

19. — Coffre à châles en palissandre incrusté de cuivre & d'ivoire.

20. — Petit meuble hollandais en marqueterie de bois à fleurs, monté sur pieds tors.

21. — Magnifique *commode de Boule,* époque *Louis XIV,* à fond d'écaille à marqueterie de cuivre gravé.

Le dessus est orné d'un sujet mythologique.

22. — Cabinet *Louis XIII,* italien, en ébène incrusté d'ivoire gravé, ornements en cuivre doré.

23. — Petite commode *Louis XV,* en marqueterie de
fleurs, ornements en bronze doré, dessus de
marbre brèche.

24. — Magnifique paravent en *laque de Chine.* Décor de
pagodes & de personnages en or des deux
côtés.

25. — Commode *Louis XIV,* en palissandre, garnie de
bronze, à dessus de marbre brèche.

26. — Grand & beau cabinet en *laque de Chine.*

PENDULES — LUSTRES — OBJETS DIVERS

27. — Très-curieuse pendule en bronze doré époque
Louis XVI.

> Le sujet représente un Amour appuyé sur une sphère sur la-
> quelle est posé le cadran. (Cette pendule est signée de *Ferdinand
> Berthoud.*)

28. — Pendule *Louis XIV,* en marqueterie d'écaille &
de cuivre, avec son socle.

29. — Très-beau cartel style *Louis XV,* bronze doré,
orné d'Amours & de guirlandes de fleurs.

30. — Pendule italienne *Louis XVI*, en bois noir à colonnes torses avec peintures sur le cadran. (Sujet mythologique.)

31. — Beau régulateur *Louis XV*, en bois rose, orné de bronzes dorés.

32. — Régulateur *Louis XVI*, de Robin, dans une gaîne en bois noir.

33. — Paire de flambeaux chinois en filigrane d'argent émaillé.

34-35. Deux petits lustres en bronze & verre de Bohème.

36. — Un autre plus grand.

37. — Lustre en fer repoussé.

38. — Une paire de girandoles, en verre de Bohème.

39. — Une paire d'appliques *Louis XIII*, en bronze.

40-41. Deux bustes de druides en bronze.

42. — Buste de Christ en bronze.

SOIERIES ANCIENNES

43. — Très-beau *couvre-pied* en soie bleu clair, avec fleurs brodées à l'aiguille.

44. — Autre *couvre-pied* fond bleu foncé.

45. — Autre *couvre-pied* fond jaune clair.

46. — Autre *couvre-pied* fond blanc.

47. — Autre *couvre-pied* fond bleu d'azur.

48. — *Portière brocart* d'or & d'argent, époque *Louis XV*.

BIJOUX — BOITES ET OBJETS DIVERS

EN OR ET EN ARGENT

Boîtes & tabatières Louis XV & Louis XVI en or & en argent, ornées d'émaux & de peintures.

Montres Louis XIV, Louis XV & Louis XVI en or, ornées d'émaux & de peintures.

Statuette en argent repoussé.

Châtelaines en or.

Aigrette en topazes du Brésil.

Parures en or & en argent.

Broches ornées de roses, de perles & de topazes.

Colliers en or & en argent ornés de pierres fines.

Croix en filigrane *d'or.*

Rosaire avec reliquaire *en argent.*

Médaillon en perles fines.

Environ 65 paires de *Boucles d'oreille en or & en argent,* ornées de pierres fines.

Broches de cristaux, montées *en argent.*

Médaillons en or, ornés d'émaux.

Épingles en or & en argent, ornées de roses, de corail & d'améthystes.

Boucles en argent doré.

Médailles en argent.

Bas-relief en or, signé *Dautigault.*

Groupe d'enfants en corail.

Bayadère en corail blanc.

Environ 40 *bagues en or.*

Croix normandes.

Faïences & porcelaines françaises & étrangères ; quelques *tableaux* anciens ; verrerie de Bohême ; objets divers.

PARIS. — J. CLAYE, IMPRIMEUR, 7, RUE SAINT-BENOIT. — [263]

9 782329 447230